ARIANE,

ABANDONNÉE DANS L'ISLE DE NAXE :

MÉLODRAME, IMITÉ DE L'ALLEMAND;

MUSIQUE DE M. GEORGE BENDA.

Représenté pour la premiere fois, le Juillet 1781, *par les Comédiens Italiens ordinaires du Roi.*

A PARIS,
Chez Thomas BRUNET, Libraire, rue Mauconseil, à côté de la Comédie Italienne.

M. DCC. LXXXI.

Du MÉLODRAME *en général, & de celui d'Ariane en particulier.*

*Sujet du Mélodrame d'*Ariane.

MINOS, Roi de Crète, assiégeoit Athènes. Les Athéniens, réduits aux dernieres extrêmités, consulterent plusieurs fois l'Oracle. Il leur répondit enfin, que les Dieux termineroient leurs maux, lorsqu'ils auroient donné une entiere satisfaction au Roi de Crète. On demanda la paix à *Minos*; il l'accorda, à condition que, tous les sept ans, on lui feroit présent de sept jeunes Athéniens, & d'autant de jeunes Athéniennes. Ce tribut honteux avoit été payé trois fois, lorsque *Thèsée*, fils d'*Ægée*, Roi d'Athènes, arriva dans sa Patrie. Il avoit été élevé à la Cour de son aïeul, *Pithée*, & s'étoit déja acquis, par différens exploits, la réputation d'un Héros, qu'il soutint en triomphant des ennemis de son pere. Il en obtint ensuite la permission d'être du nombre des sept jeunes Athéniens envoyés en tribut à *Minos*. On l'exposa, comme ses prédécesseurs, dans le labyrinthe de *Dédale*, pour combattre le Minotaure, monſtre horrible, que perſonne n'avoit encore pu terraſſer. Mais *Ariane*, fille de *Minos*, à qui *Théſée* avoit inſpiré de l'amour dès leur premiere entrevue, lui donna un peloton de fil, dont une extrêmité fut attachée à l'entrée du labyrinthe. Ce fil lui ſervit de guide dans les détours multipliés de cette affreuſe priſon, & il en ſortit après avoir triomphé du Minotaure. Cet exploit glorieux ne fit qu'augmenter l'amour de la trop ſenſible *Ariane* : elle réſolut d'abandonner ſes parens & ſa Patrie pour ſuivre ſon Amant. *Théſée* s'embarqua donc ſecrétement avec elle, & ils aborderent peu après dans l'Iſle de Naxe ou Dia. Ils y étoient depuis quelques jours, lorſque l'infidele Héros prit le parti honteux d'abandonner ſa bienfaitrice, & de retourner dans ſa Patrie avec ſes compagnons.

Obſervations ſur le rôle de Théſée.

Cette Hiſtoire, probablement mêlée de circonſtances fabuleuſes, nous a été tranſmiſe par *Diodore* de Sicile : elle fait le ſujet de ce Mélodrame. Nous nous ſommes bien gardés de conſerver au caractere de *Théſée* tout ce qu'il peut avoir de repouſſant pour les ames ſenſibles. Ce n'eſt, ni par perfidie, ni par ingratitude, qu'il abandonne *Ariane* : il s'y voit forcé par les Grecs, à la fureur deſquels il lui ſeroit impoſſible de réſiſter. C'eſt pour ſauver la vie à ſon Amante, qu'il prend cette affreuſe réſolution. Il eſt aſſuré qu'elle ſera immolée, s'il perſiſte à la défendre ; & en l'abandonnant, il eſpere du moins qu'un haſard heureux peut la ſauver. L'alternative eſt cruelle, il eſt vrai ; mais elle ne bleſſe point la vraiſemblance, & rend le perſonnage de *Théſée* bien plus intéreſſant que celui d'*Énée* abandonnant *Didon*.

Cependant, quelque motif que l'on puiſſe ſuppoſer à *Théſée*, ſon action eſt ſi révoltante, qu'il lui ſera toujours difficile, pour ne pas dire impoſſible, d'attendrir les Spectateurs. On ſouffre de voir un Héros, forcé par les circonſtances, à un procédé indigne de lui : on aimeroit mieux le voir combattre ſeul contre une multitude furieuſe, & tomber percé de coups aux pieds de ſa Maîtreſſe. Il eſt donc vraiſemblable que la ſcene de *Théſée*, fût-elle infiniment plus courte, n'intéreſſera que foiblement les Spectateurs ; elle pourra même leur paroître trop longue : mais elle étoit néceſſaire. Quel intérêt n'ajoûte-t-elle pas au perſonnage d'*Ariane?* Il n'eſt perſonne qui ne ſoit touché d'avance du ſort de cette Princeſſe infortunée. Elle n'eſt pas encore inſtruite de ſon malheur, que le Public en connoît déja toute l'étendue. Ces ſentimens exiſteroient-ils ſans la ſcene de *Théſée?*

Puiſque cette ſcene eſt ſi importante pour faire reſſortir le perſonnage eſſentiel, il étoit naturel de ne pas la rendre trop courte, afin que *Théſée* parût moins odieux, afin que l'on fût témoin des combats qu'excitent dans ſon cœur l'amour, la gloire, & la voix impérieuſe des circonſtances.

*Obſervations ſur le rôle d'*Ariane.

Quant au perſonnage d'*Ariane*, il eſt ſi intéreſſant par lui-même, qu'il ſuffit d'indiquer les divers mouvemens de ſon cœur, pour toucher les ames qui ont la moindre étincelle de ſenſibilité. Quoiqu'elle ſoit long-tems ſeule ſur la ſcene, rien n'eſt plus naturel & plus varié que ſon Monologue. En effet, y a-t-il rien de plus naturel que de ſuppoſer une perſonne malheureuſe & iſolée, qui s'entretient avec elle-même? Le beſoin d'un ami eſt tellement dans la nature, qu'à ſon défaut nous ſommes toujours portés à nous rendre compte à nous-mêmes des mouvemens de notre ame.

Il ſeroit difficile de conteſter la plus grande variété au Monologue d'*Ariane*. Il a toute celle dont il étoit ſuſceptible. Une lecture attentive ſuffit pour convaincre qu'il étoit impoſſible d'y admettre une plus grande diverſité de ſentimens, une ſucceſſion de ſentimens plus naturelle. Cette diverſité donne lieu à des nuances de ſituation qui repoſent l'œil du Spectateur, en lui offrant à chaque inſtant un nouveau tableau.

On m'objectera qu'un Monologue porte toujours avec lui une monotonie, une uniformité peu théatrales. Je répondrai que, dans une Piece d'action, il eſt rare qu'un Monologue ne ſoit point déplacé & ne nuiſe même à la marche dramatique. Mais il en eſt tout autrement du Mélodrame; les Monologues en ſont la baſe. Cela me conduit naturellement à m'expliquer ſur la nature de cette nouvelle eſpece de production dramatique (1).

(1) Nous n'ignorons pas que le mot *Mélodrame* peut s'appliquer indifféremment à toutes les productions

Qu'est-ce que le Mélodrame ?

Qu'est-ce donc qu'un Mélodrame, dans le sens que nous attachons à ce mot? Il seroit aisé de répondre à cette question, si l'on avoit des exemples à citer, ou des principes reçus pour ce nouveau genre ; mais on peut dire que nous manquons également des uns & des autres. Le seul *Pygmalion* de *J. J. Rousseau* peut nous en donner une idée, & jetter quelque lumiere sur ce que nous dirons là-dessus.

Définition du Mélodrame.

« Par-tout où l'on réunira fortement l'Accent » Musical à l'Accent Oratoire.... le physique & » le moral concourront à la fois au plaisir des » écoutans ». Ce passage de l'article *Expression* du *Dictionnaire de Musique* de *J. J. Rous-*

---

dramatiques qui ont besoin du secours de la musique : mais comme on n'a point encore imaginé d'expression propre au nouveau genre dont il est ici question, nous avons préféré d'employer un terme déja connu, & qui d'ailleurs n'est guères en usage pour désigner les autres productions dramatico-musicales. C'est ainsi qu'on est convenu d'appeller *Drames* les Pieces larmoyantes, qui ne peuvent être nommées, ni Tragédies ni Comédies, quoique le mot *Drame* soit applicable à toutes les Pieces de Théatre.

ſeau (1), nous facilitera la définition du genre Mélo-dramatique. Ce genre eſt le réſultat de l'union la plus intime de l'Accent Muſical à l'Accent Déclamatoire *naturel.* Il ſuit de-là qu'il doit être entierement conſacré à l'expreſſion du ſentiment. Que de réflexions! que de principes découlent de cette conſéquence!

D'abord, le Mélodrame étant le réſultat de l'union la plus intime de l'Accent Muſical à l'Accent Déclamatoire naturel, & dévoué par-là même à l'expreſſion du ſentiment, il eſt clair qu'il n'admet point tout ce qui pourroit interrompre cette union intime dont il eſt le réſultat, & qu'il ſera d'autant plus parfait, que cet Accord de la Muſique & de la Déclamation ſera plus continu & plus reſſerré.

Le Mélodrame ne comporte que peu ou point d'action.

Donc le Mélodrame ne comporte que peu ou point d'action, d'intrigue, de mouvement; tout ſon intérêt doit dépendre d'une ſituation vraiment théatrale, & qui prête à la variété des ſentimens.

(1) Voyez le *Dictionnaire de Muſique*, pag. 342, édition *in*-8°. de Neuchâtel, 1775.

Il ne permet pas le Dialogue dramatique.

Donc le Mélodrame ne permet pas le Dialogue dramatique. En effet, ſi l'on y introduit plusieurs Acteurs en même-tems, il arrivera, ou que l'union de la Muſique & de la Déclamation ſera fréquemment interrompue, afin de ne pas détruire l'effet & le naturel du Dialogue, ou que le Dialogue ſera froid, inanimé, ſans effet, ſi on l'entre-mêle de traits de Muſique; & dans ces deux cas le but du Mélodrame eſt manqué.

Il eſt vrai que, pour jetter plus de variété dans les ſentimens, pour donner en quelque ſorte une nouvelle ſecouſſe à l'ame des Spectateurs, on eſt quelquefois obligé de faire parler une ſeconde perſonne; mais alors quelques mots doivent ſuffire. On ne peut mieux expliquer ceci que par l'exemple d'*Ariane*.

Théſée a déja réfléchi ſur la cruauté qu'il y auroit à abandonner ſa Maîtreſſe; il vient de dire que les devoirs de l'amour ſont auſſi ſacrés pour lui que ceux du Citoyen; ſon nom prononcé par *Ariane*, dans un ſonge analogue aux ſentimens qui l'occupent, ſuffit pour rendre ſa ſituation plus embarraſſante, &

donner lieu à des combats de ſentimens plus violens.

Ariane s'éveille, ſon ame eſt tranquille; elle eſt étonnée de ne pas voir ſon Amant, mais elle eſt bien éloignée de craindre ſa perfidie; l'approche d'un orage commence à altérer ſa tranquillité, mais on ne voit encore qu'une Amante inquiette pour les jours de ce qu'elle aime; cette inquiétude augmente ſucceſſivement, mais elle ne pourroit être prolongée ſans devenir monotone; & pour éviter cette monotonie, il faut donner lieu à des ſentimens d'un autre genre. C'eſt ce que fait la Nymphe des Rochers, en apprenant à *Ariane* le départ de *Théſée*.

L'abattement d'*Ariane* ayant ſuccédé au plus affreux déſeſpoir, l'Oréade lui apprend qu'elle ſera ſacrifiée à *Neptune*. Le peu de mots qu'elle prononce, ſemblent donner du reſſort à l'ame d'*Ariane*, & empêchent ſa ſituation de devenir monotone.

Ce n'eſt que dans des circonſtances ſemblables qu'il eſt permis d'admettre un autre Acteurs : mais il ne doit paroître qu'un inſtant, & jamais que lorſque ſa préſence ou ſon diſcours peuvent introduire un nouvel ordre de ſentimens.

Il ne doit point être écrit en vers.

Une autre conſéquence qui découle néceſſairement de la baſe du Mélodrame, c'eſt qu'il ne doit point être écrit en vers. Les ſentimens que l'on veut revêtir de l'expreſſion muſicale, ne ſauroient être développés comme ceux d'une Tragédie; il faut les préſenter en maſſe, il faut qu'ils ſoient, pour ainſi dire, concentrés, afin de laiſſer au Muſicien le moyen d'en perfectionner l'expreſſion, de la développer, & même d'y ajouter (1). Or, la Poéſie ſe refuſe à cette eſpece de ſéchereſſe ou de ſimplicité de ſtyle qu'exige le Mélodrame; elle prononce

(1) Ce principe eſt ſi vrai, qu'on peut en faire également l'application à toutes les productions dramatiques dont la Muſique fait partie conſtituante. De-là vient qu'un Opéra ne ſupporte point les mêmes développemens de ſentimens qu'une Tragédie, & que le Poëte eſt ſouvent obligé de faire des retranchemens aux ſcenes qu'il a le plus travaillées, & ſur l'effet deſquelles il a le plus compté. Ce point ſeul feroit ſuſceptible d'une démonſtration beaucoup plus étendue, à laquelle les bornes que nous nous ſommes preſcrites ne nous permettent pas de nous livrer.

trop fortement ce qu'elle exprime; elle laiſſe trop peu à déſirer au cœur.

D'ailleurs, fût-il même poſſible d'écrire un Mélodrame en vers, cela deviendroit tout au moins inutile; 1°. parce que le Poëte y ſeroit privé des moyens d'étaler les reſſources & les richeſſes de ſon Art (1); 2°. parce que le charme du Rythme poétique ſeroit totalement perdu. Pour unir l'Accent Muſical à l'Accent Déclamatoire, le Muſicien eſt ſouvent obligé de couper la déclamation dans le vif, quelquefois un monoſyllabe lui ſuffit pour produire ſon effet. Le Rythme Muſical dominant donc eſſentiellement dans ce genre, il faudroit lui ſacrifier le Rythme poétique; & alors quelle néceſſité de l'y introduire (2)?

(1) Que l'on faſſe attention aux morceaux d'un Opéra qui ont le plus de ſuccès; ce ne ſont jamais les plus poétiques. Les endroits où le Poëte à cherché à étaler les richeſſes de ſon Art, ſont toujours ceux où le Muſicien échoue. On les lit avec plaiſir, on les applaudiroit, s'ils étoient déclamés ſans Muſique; mais comme l'expreſſion muſical n'ajoute rien & ne ſauroit rien ajouter à leur effet, elle l'anéantit en quelque ſorte.

(2) De ce qu'un Mélodrame ne doit pas être écrit en vers, il ne faut pas conclurre qu'un Opéra pourroit l'être en proſe. Malgré tous les rapports que ces deux

Il exclut ce qu'on ne peut appeller que de l'eſprit.

Il eſt peut-être bon d'obſerver ici que, comme le Mélodrame eſt conſacré ſans réſerve à l'expreſſion du ſentiment, il exclut toujours ce qu'on ne peut appeller que de l'eſprit. Un ſeul trait de ce genre peut faire tomber une ſcene mélodramatique. C'eſt une vérité dont on peut appeller à l'expérience; elle ſera facilement ſentie par tous ceux qui auront réfléchi ſur ce que nous venons de dire.

Le Mélodrame eſt un genre très-borné.

Mais, pourront-ils obſerver à leur tour, ne doit-on pas conclure que le Mélodrame eſt un genre auſſi borné que difficile? D'accord. C'eſt un genre très-borné, en ce qu'il exiſte fort peu de ſituations théatrales aſſez intéreſſantes par la variété des ſentimens qui y regnent, pour fournir à un Monologue ſoutenu pendant un

---

Genres peuvent avoir l'un avec l'autre, ils ont des différences aſſez marquées pour exiger des regles qui ſoient particulieres à chacun d'eux. L'un eſt ſtrictement lié aux inflexions & aux mouvemens de la Déclamation naturelle, l'autre ne comporte qu'une Déclamation artificielle qui ne peut guères perdre de ſon effet, quand elle eſt une fois bien déterminée. Il n'en eſt pas de même du Mélodrame, comme il eſt facile de s'en convaincre.

certain eſpace de tems, & donner lieu à de grandes oppoſitions muſicales.

Et très-difficile.

C'eſt un genre très-difficile, en ce qu'il ne ſupporte point la médiocrité. L'Auteur des paroles peut bien faire un ouvrage très-médiocre à la lecture, & même à la repréſentation, ſi elle avoit lieu indépendamment de la Muſique, mais on ne doit le juger d'aucune de ces deux manieres, parce qu'alors ce ſeroit juger de quelques ſcenes dramatiques en proſe, & non d'un Mélodrame. On ne peut apprécier les paroles ſéparément de la Muſique, & réciproquement la Muſique ſans le ſecours des paroles. Un habile Compoſiteur pourroit faire une Muſique excellente en elle-même, agréable, qui préſentât le plus bel enſemble, mais qui, réunie aux paroles, devînt déteſtable.

Ce n'eſt pas encore tout, l'exécution du Mélodrame ne ſupporte pas plus la médiocrité que ſa compoſition. Tout ſon effet dépendant de l'union intime de l'Accent Muſical à l'Accent Déclamatoire naturel, il s'enſuit qu'il manquera ſon effet, toutes les fois que la Déclamation de l'Acteur ou de l'Actrice ne s'accordera pas parfaitement avec celle que le Muſicien a imaginée lorsqu'il a composé. Or, il est facile de sentir la difficulté extrême de ce seul point du Mélodrame, qui exige que le Compositeur & l'Acteur trouvent le ton précis de l'Accent de la Nature dans telle ou telle situation. Le Compositeur, il est vrai, supporte lui seul la plus grande partie de cette difficulté, parce que, si sa Musique est bien faite, elle entraîne l'Acteur & le guide, pour peu qu'il ait de sensibilité.

Comparaison du Mélodrame à un Tableau.

Regardons le Mélodrame comme un Tableau. L'Auteur des paroles en détermine la grandeur & la forme, en dessine le sujet; le Musicien développe l'expression que l'esquisse n'a pu qu'indiquer, y déploie les richesses & la variété du coloris, y met les ombres, &c. Le Théatre est la galerie où on le place pour l'exposer aux yeux des connoisseurs. Si l'Acteur & l'Orchestre s'accordent pour l'expression avec les paroles & la Musique, alors le Tableau a été placé dans un jour favorable, & produit tout son effet; si les Auteurs ne sont bien secondés par l'un ni par l'autre, leur Tableau, placé dans un faux jour, n'attirera les regards de personne, tout au plus l'œil de la critique

qui

qui jugera du Tableau, ſans conſidérer ſa poſition (1).

Puiſque le Mélodrame eſt un genre ſi borné & ſi difficile, n'eſt-il pas inutile de l'admettre? Non, ſans doute. « Dans tous les Arts », dit avec raiſon l'Anonyme de Vaugirard (*Lett. IVe*), « il faut encourager toutes les » Nouveautés, chercher ſans ceſſe de nouvelles » routes, & même en s'égarant, on apprend » à ne plus s'égarer ». Ainſi tout genre eſt bon, dès qu'il plaît & atteint ſon but. N'exiſtât-il que dix ſujets de Mélodrames, ils méritent qu'on les accueille au Théatre, s'ils ſont traités convenablement. On ne peut imaginer aucun genre inutile, parce que les écarts mêmes du génie ou de l'imagination ſont toujours profitables aux progrès de l'Art.

Avantages du Mélodrame.

D'ailleurs le Mélodrame a des avantages qu'on ne ſauroit ſe diſſimuler. Lorſqu'il eſt fait comme il doit l'être, il ne peut exiſter un accord plus parfait de l'expreſſion muſical & de l'ex-

(1) Il n'eſt point de production dramatique que l'on puiſſe comparer auſſi juſtement à un Tableau, que le Mélodrame. En effet, il n'en eſt point qui, comme lui, réſulte d'une ſeule ſituation.

preſſion naturelle des paſſions. Il n'eſt point de genre qui exige de la part du Muſicien une plus grande ſenſibilité & une connoiſſance plus profonde de la Déclamation théatrale. Il n'a d'autre reſſource pour plaire que l'expreſſion vraie du ſentiment; la mélodie la plus agréable, l'harmonie la plus ſavante, ne ſauveront pas ſon ouvrage d'une chûte inévitable, s'il n'a pas ſu les mettre d'accord avec la Nature. L'effet de ce genre, bien traité, eſt inconcevable pour ceux qui ne l'ont point éprouvé. En un mot, il peut ſeul nous donner quelque idée de la maniere dont la Déclamation théatrale s'uniſſoit avec la Muſique chez les Anciens.

Ce genre, introduit en Allemagne par M. *George Benda*, y a fait époque. *Ariane* eſt le Mélodrame par lequel il a débuté avec un ſuccès dont le Théatre Allemand n'offre point d'exemples; ſuccès qui ſe ſoutient encore aujourd'hui. L'enthouſiaſme qui en a réſulté, a produit une foule d'Imitateurs; mais par une fatalité, probablement attachée au mauvais choix des ſujets & au défaut de principes théoriques de ce genre, aucun d'eux n'a réuſſi. On ne ſauroit en conclure que le genre eſt trop uniforme, & que la Muſique de chaque Mélodrame doit avoir néceſſairement la même couleur. M. *G. Benda* a prouvé le contraire dans les deux Mélodrames qui ont ſuccédé à *Ariane*; ſavoir, dans *Médée* & *Pygmalion* (1). Ils produiſent, chacun dans leur genre, autant d'effet qu'*Ariane*, & cependant le ſtyle de ces trois ouvrages eſt ſi différent, qu'on pourroit les attribuer à trois Compoſiteurs. Cette grande diverſité démontre les reſſources du genre, quand le Muſicien s'attache à la Nature.

Connoiſſant le ſuccès d'*Ariane* ſur tous les Théatres du Nord, je me ſuis joint à ceux des amis de M. *G. Benda*, qui avoient éprouvé comme moi l'effet de ce genre, pour l'engager à la donner ſur un de nos Théatres, perſuadé qu'une Nation auſſi ſenſible que la nôtre, accueilleroit une production qui ne doit être jugée que par le cœur. L'eſprit differe dans tous les Pays, mais le cœur de l'homme eſt toujours le même.

J. B. D. B.

Paris, ce Juillet 1781.

---

(1) Le ſuccès de *Médée* & de *Pygmalion* a été auſſi grand que celui d'*Ariane*.

ARIANE,

ABANDONNÉE DANS L'ISLE DE NAXE.

PERSONNAGES.

ARIANE. Madame Verteuil.

THÉSÉE. M. Michu.

Une ORÉADE, ou *Nymphe des Rochers, qui ne paroît point.*

GUERRIERS GRECS.

La Scene est dans l'Isle de Naxe.

ARIANE,

ABANDONNÉE DANS L'ISLE DE NAXE.

Le fond du Théatre représente la mer : on voit des deux côtés différens groupes de rochers. Sur la droite quelques arbres indiquent une forêt.

La Scène s'ouvre au moment du crépuscule du matin.

SCENE PREMIERE.

ARIANE, THÉSÉE.

(*Ariane est endormie sur un rocher. Thésée descend d'un rocher opposé*).

THÉSÉE.

JE viens la voir encore! Ah! c'est pour la derniere fois! — Ariane, tu t'abandonnes sans défiance aux douceurs d'un sommeil tranquille, tu ne pressens pas l'horreur de ton réveil ! — tu crois être encore dans mes bras ! — me presser sur ton sein ! — trop aimable & trop fidelle Amante ! — & j'ose le penser ! — Projet barbare ! — j'oserois t'abandonner ! — Abandonner la protectrice de ma vie ! ma bienfaitrice ! mon Amante ! mon Épouse ! — Barbare ! les antres de ce désert horrible ont-ils jamais vomi de monstre aussi féroce que toi ? — Elle m'a sauvé des fureurs de Minos. — Sans elle, qui m'eût tiré du labyrinthe ? — qui m'eût livré le monstre qui l'habitoit ? — Parens, amis, patrie, elle a tout quitté pour moi ! — elle a tout sacrifié pour me suivre.... Dans quels lieux ?... dans un désert. — Et je pourrois l'abandonner ! — Abandonner Ariane ! — la livrer au désespoir le plus affreux, à la fureur des élémens, aux bêtes féroces de ces rochers ! — Non, Thésée ! non Athéniens ! votre cruauté n'ira pas si loin. — J'ai délivré ma Patrie d'un tribut honteux, j'ai rempli les devoirs d'un Citoyen. — L'Amour, l'Amour n'a-t-il pas les siens ? Ils ne sont pas moins sacrés pour moi. (*Le sommeil d'Ariane semble troublé par un songe effrayant*). — Son sein est agité ! elle soupire ! —

ARIANE, *endormie.*

Thésée ! Ah, Thésée ! —

THÉSÉE.

Elle me nomme jusques dans ses songes ! —

ARIANE.

Au secours ! Sauve, sauve ton Ariane ! —

THÉSÉE.

Ton Ariane !

ARIANE.

M'abandonner ! m'abandonner !

THÉSÉE.

Quel Dieu jaloux de ton repos te révêle tes malheurs & ta deſtinée déplorable ? —

ARIANE.

Il fuit ! Ah, barbare !

THÉSÉE.

Ariane ! — (*Il veut la ſerrer dans ſes bras ; il s'arrête comme malgré lui*). Quelle force, quelle force ſuprême & cachée me repouſſe de ſon ſein ? — Seroit-ce un ordre du deſtin ? — (*On entend de loin le ſon des trompettes*). Qu'entends-je ? On appelle ? Les vaiſſeaux ſont prêt à faire voile ! Tout m'annonce qu'il faut la quitter pour jamais! — Dieux puiſſans, qui connoiſſez le cœur d'Ariane ! A quoi dois-je me réſoudre ? — (*On entend encore le ſon des trompettes*). Encore? les cruels ! Quel génie malfaiſant vous a conduit à Naxe ? — Quelle furie vous a découvert notre retraite ? — Ce rocher aſſiégé par les monſtres de la mer, cette forêt habitée par des lions, étoient des lieux de délices pour notre tendreſſe ! — Mais, hélas! toute réſiſtance eſt vaine ; ils m'arracheront de ſes bras ! — Que dis-je ? quelle honte ! Théſée, l'amour & l'orgueil d'Athènes, le libérateur de ſa Patrie, le vainqueur du Minotaure, ſoupire indignement aux pieds d'une femme ! — Plus de pitié ! plus d'amour ! — Éleve ton ame, indolent efféminé ! Oſe redevenir homme ! briſe des liens qui t'aviliſſent ! — ſois Théſée ! — Je vous ſuis, Grecs, je cours où la gloire m'appelle, j'obéis à la voix de l'honneur & du deſtin inflexible, je vous immole mon repos & tout le bonheur de ma vie ! — Objet infortuné de ma tendreſſe & de ma douleur, ne m'accable pas du poids de ta haine, n'implore pas contre moi les Dieux vengeurs du parjure, la réſiſtance n'eſt pas en mon pouvoir ! — Les regrets, les remords ſeront tes vengeurs ; ils me pourſuivront par-tout ! — C'eſt en vain que la gloire combat contre ma tendreſſe ; la flamme qui brûle dans ce cœur, ne s'éteindra jamais ! — (*Le ſon des trompettes ſe fait entendre*). Dieux ! les voici ! l'indignation ſe peint dans leurs regards farouches ! ils vont immoler Ariane ! — Ils appellent, ils menacent ! — Encore un inſtant, & ce que j'adore ſera ſacrifié à leur fureur ! — Ma chere Ariane ! — Non, non, volons, conſervons-lui la vie ! — Mais, hélas ! qui protégera ſa foibleſſe ? Dieu ! prenez pitié d'elle ! envoyez-lui un libérateur ! — Elle s'éveille ; partons, évitons ſes regards, ſes larmes pourroient m'attendrir. Infortuné Théſée ! — (*Des Guerriers Grecs deſcendent d'un rocher, & ſe hâtent de s'approcher*). N'approchez pas !

respectez & plaignez Ariane ! que sa vie vous soit sacrée ! elle sauva la mienne ; je vous suis, je m'arrache à moi-même ! — Ariane ! chere Ariane ! —

(Il part).

SCENE II.

ARIANE, *seule. (Elle a été éveillée par les derniers mots qu'a prononcés Thèsée).*

THÈSÉE ! ta voix n'a-t-elle pas prononcé mon nom ? — Je ne le vois pas ; un songe me trompoit sans doute ; cette belle matinée me l'a enlevé. — Je te salue, superbe Aurore ! — Jamais je ne t'ai vue si belle & si brillante ! — Le Soleil se leve ; avec quelle pompe il s'annonce à l'Univers ! Quelle majesté ! — Ah, Thèsée ! depuis trois jours l'Aurore me surprenoit à tes côtés ; aujourd'hui seulement tu l'as prévenu. — Il sembloit qu'elle approuvoit notre amour. — Comme ces lieux sauvages sont embellis par son éclat ! — Ah, Thèsée ! sans toi ce séjour seroit affreux ! — On ne jouit point ici de ces jours tranquilles, dont je goûtois avec toi les douceurs dans les jardins de mon pere ; ici ne fleurit aucun de ces buissons de roses dont l'ombre cachoit nos amours ; aucun oiseau ne nous réveille par ses chants mélodieux. — Tout est sauvage, tout est affreux ! — La mer vient se briser contre ce rocher ; elle semble vouloir l'engloutir ! — Le rocher menace de s'écrouler ! — Le lion rugit ! — Ah, Thèſée ! Thèſée ! viens, ton Ariane ne ſommeil plus ! — Où es-tu ? — Tu pourſuis les lions & les tigres, & tu t'éloigne de ton Ariane qui tremble pour ta vie ! — Viens ! elle ne ſommeil plus ; accours dans ſes bras ! — O combien cette nuit tu m'as coûté de larmes ! — Je n'ai jamais eu de ſonge plus terrible ! — Il vouloit m'abandonner ; en vain tendois-je vers lui mes mains ſuppliantes ; il fuyoit, & bientôt il m'a ſemblé qu'il n'exiſtoit plus pour moi ! — Ciel ! ſi ſon courage l'emportoit trop loin ! — Dieux ! vous l'avez ſauvé par mes mains, veillez ſur ſes jours !... Mille dangers peuvent encore les menacer ! — Un tigre furieux peut le ſurprendre dans l'épaiſſeur de ces forêts ! — Qui pourra le ſauver ? — Ah, Thèſée ! viens, vois mes larmes ! Ariane te pleure ! — Tu ſais combien je t'aime, tu connois mon cœur, tu connois ſa foibleſſe & ſa timidité, & tu le laiſſes en proie à de mortelles inquiétudes ! — (*Elle l'appelle*). Thèſée !... Il ne vient point, il ne répond pas !... Quelle crainte glace tous mes ſens ! — Ah ! le cœur me bat ! — (*Elle l'appelle encore*). Thèſée ! — (*Elle l'appelle à grands cris*). Thèſée ! — Quel effrayant écho répond à ma voix ! — (*Avec la muſique*). Que ſignifie ce ſifflement dans la forêt ? — (*Elle court & le cherche par-tout*). L'orage approche, Thèſée l'entend, & il ne vient point encore ! — Thèſée ! où es-tu ? où pourrai-je te trouver ? —

SCENE III.

ARIANE, *la voix de l'*ORÉADE.

*La voix de l'*ORÉADE.

NE compte plus ſur ſon retour.

ARIANE.

Sur ſon retour, ô Ciel! Eſt-ce la Nymphe de ce rocher que je viens d'entendre!

*La voix de l'*ORÉADE.

Oui, je ſuis l'Oréade qui préſide à ces rochers. Je l'ai vu fuir pendant l'orage. Il craignoit le jour & ton air ſuppliant, & tes yeux baignés de larmes. Il craignoit, & il a fuit: il a bravé la fureur des flots, il t'abandonne.

ARIANE.

Dieux! — (*Elle tombe évanouie*). Abandonnée? abandonnée? Seule.... Ici.... Sur ce rocher? — Et Thèſée a pu me trahir? — Lui? — (*Elle apperçoit un vaiſſeau en pleine mer, & ſe leve précipitamment*). Ah! qu'apperçois-je? Qui vient à mon ſecours? Un vaiſſeau à l'horizon! — Il fuit! mon malheur eſt certain! — (*Elle tombe ſans connoiſſance, puis revenant à elle*). Me trahir ainſi! moi qui l'aimai ſi tendrement, qui ai tout oſé, tout ſacrifié pour lui! — Thèſée! tu peux m'abandonner! Moi qui partageai tes périls!.... qui te ſauvai la vie!... étoit-ce à toi de me donner la mort? — Malheureuſe! Pourquoi l'ai-je vu? — Mais qui ne l'eût pas écouté? Les charmes de ſa figure, l'éclat de ſa renommée n'attiroient-ils pas tous les cœurs? Qui n'eut pas reçu ſon hommage? qui auroit pu lui réſiſter? — Hélas! il fut bientôt inſtruit de ma foibleſſe! — Déja je n'étois plus maîtreſſe de moi-même. — « Ah, Thèſée! lui diſois-je, l'amour & » la pitié me conduiſent près de toi... — Fuis, ſauve » ta vie. — Fuis, cher Thèſée!... — Prends ce fil, » ſuis mes pas, le Minotaure tombera ſous tes » coups. — Lamon va combattre avec toi ». — Il s'élance dans le labyrinthe, il en parcourt avec intrépidité les détours perfides, il frappe, le Minotaure eſt terraſſé. — Il me prend dans ſes bras, nous fuyons.... — Et c'eſt dans ce déſert! — (*Elle ſe jette ſur un rocher*). M'y voilà abandonnée, abandonnée pour jamais! — (*Elle ſe releve avec précipitation*). Dieux offenſés, pouvez-vous ſouffrir cette trahiſon? — Vous avez entendu ſes ſermens, vous connoiſſez ſon parjure, & vous ne le puniſſez pas! — Eſt-ce donc la foibleſſe que vous aimez à punir? Pourquoi épargner l'auteur du crime? Pourquoi faire retomber ſur moi les traits de votre vengeance? — Pourquoi me perſécutez-vous? — (*Avec la muſique*). Ah! ne me laiſſez pas ſouffrir la crainte de la mort; ſon attente eſt trop longue; finiſſez mes tourmens; détruiſez, écraſez-moi de vos foudres! — (*Dans l'agitation du délire*). N'eſt-ce pas là le bord du Cocyte? l'antre des furies? — (*Avec la tenue des inſtrumens à vent*). Écoutons... Quels hurlemens ! — Oui, ce ſont les furies, & Thèſée eſt avec elles ! — Point de pitié ! Déchirez ſon flanc; que mes yeux ſe repaiſſent de ſon ſupplice ! — Entourez ſon cœur perfide des longs replis de vos ſerpens ! — Déchirez-le ! — Ah ! je les vois qui s'élancent ſur lui ! — L'abîme s'entrouvre, la flamme s'éleve ! — Point de pitié ! Précipitez-y l'ingrat ! Elles l'entraînent ! Arrêtez, arrêtez !... Je l'aime encore ! — Quel effrayant délire a troublé mon ame ! — Loin de moi, fantômes ſiniſtres ! — Où ſuis-je ? Exiſté-je? Eſt-il poſſible? Ariane ici? à Naxe? ſans Thèſée? — Elle ! Ariane ! la fille de Minos ! un rejetton de la race des Dieux ! ſe voir abandonnée ſur ce rocher, devenir le mépris des hommes & la proie des bêtes féroces ! — Jadis j'étois innocente & tranquille, je n'avois point répandu de larmes.... Je ne connoiſſois point l'amour ! — Je repoſois dans le ſein de ma mere ! Fiere de ſa chere Ariane, elle me ſerroit dans ſes bras ! Ah ! ces jours purs & ſereins ſe ſont envolés trop-tôt ! — Ne reviendront-ils plus ces jours de calme & d'innocence ? — Suis-je perdue ſans retour ? — perdue pour Thèſée ! — Pour l'erreur d'un jour, rejettée par les Hommes & par les Dieux ! — Faut-il périr à mon printems, ſans qu'un ſeul être me conſole à l'heure de ma mort, & porte mes derniers ſoupirs à ma mere ? — O ma mere ! puiſſai-je tomber à tes pieds, couchée ſur la pouſſiere, les arroſer de mes larmes ! — Tu ne me connois plus? tu méconnois ta fille ingrate & criminelle, mais aussi repentante ! — Pardonne-lui !... Retire ta malédiction, qui n'est que trop accomplie ; révoque-là ; que l'instant d'une mort cruelle soit précédée du moins par un instant de repos ! —

*La voix de l'*OREADE.

Prête encore l'oreille à ma voix. Ton libérateur arrive, tes malheurs vont finir ; mais pour appaiser la colere des Dieux, tu seras sacrifiée à Neptune.

ARIANE.

Quoi ! j'aurai un vengeur, un libérateur ? — Ne me trahit-tu pas, Déesse de ce rocher? — Ah ! j'entends l'oracle qui vient de sortir de ta bouche ; le libérateur que tu m'annonces, c'est la mort dans ses flots ! — (*On entend le roulement du tonnerre ; le Ciel s'obscurcit, les éclairs brillent*). Dieux ! quelle révolution dans la nature ! Le soleil se cache ! Il fait nuit presque au moment de l'aurore ! — Que la mer est noire & terrible ! — Quels éclairs ! — Ils redoublent ! Ah, malheureuse ! — Le tonnerre gronde à travers ces rochers ! — Où fuir ? — Courons, courons vers l'Oréade ! — (*La foudre tombe près d'elle*). Ah ! le Ciel s'entr'ouvre ! — Justes Dieux, sauvez-moi ! — Dieux ! grace ! grace ! grace ! — Les rochers tombent, les gouffres s'ouvrent ; sans doute il faut obéir aux Dieux & remplir ma destinée ! — Voici la mort ! — elle m'environne ! — elle est suspendue sur ma tête, à mes côtés, sous moi, autour de moi, par-tout je vois la mort! — Les Dieux, les Élémens, les Hommes, tous ont juré ma perte! Suis-je donc si criminelle? — Ce rocher tremble, il va s'écrouler sous mes pas! — Les forces m'abandonnent! — C'en est fait! (*Avec la musique*). Persécutée de tous côtés, assaillie par tous les Dieux, je succombe.... Ayez pitié de moi, Puissances irrités!... Thèsée!... (*Un éclair terrible l'effraie; elle jette un grand cri, & se précipite dans la mer*).

FIN.

Lu et aprouvé pour la représentation et l'impression, le 12 juillet 1781. Suard

Vu l'aprobation, permis de représenter et imprimer à Paris ce 14 7bre 1781. Le Noir

De l'imprimerie de VALADE, rue des Noyers.

www.ingramcontent.com/pod-product-compliance
Ingram Content Group UK Ltd.
Pitfield, Milton Keynes, MK11 3LW, UK
UKHW032025260826
14628UKWH00006B/2722

9 782014 019667